E. LABOULAYE

Membre de l'Institut.

PERLINO

CONTE NAPOLITAIN

—— Agrémenté de 25 Dessins ——

LIBRAIRIE DUCROCQ

M. CHULLIAT, Éditeur

55, Rue de Seine — PARIS

E. LABOULAYE

Membre de l'Institut.

PERLINO

CONTE NAPOLITAIN

— Agrémenté de 25 Dessins —

LIBRAIRIE DUCROCQ

M. CHULLIAT, Éditeur

55, Rue de Seine — PARIS

PERLINO

> — Mère grand, pourquoi riez-vous si fort ?
> — Parce que j'ai envie de pleurér, mon enfant.
>   (*Le Petit Chaperon rouge*, version bulgare.)

I

LA SIGNORA PALOMBA

Caton, ce vrai sage, a dit, je ne sais où.
qu'en toute sa vie il s'était repenti de trois
choses : la première, c'était d'avoir confié
son secret à une femme ; la seconde, d'avoir
passé un jour entier sans rien faire ; la troisième, d'être allé par mer quand il pouvait
prendre un chemin plus solide et plus sûr.
Les deux premiers regrets de Caton, je les
laisse à qui veut s'en charger ; il n'est jamais
prudent de se mettre mal avec la plus douce

moitié du genre humain, et médire de la paresse n'appartient pas à tout le monde ; mais la troisième maxime, on devrait l'écrire en lettres d'or sur le pont de tous les navires comme un avis aux imprudents. Faute d'y songer, je me suis souvent embarqué ; l'expérience d'autrui ne nous sert pas plus que la nôtre. Mais à peine sorti du port, la mémoire me revenait aussitôt ; et que de fois, en mer comme ailleurs, n'ai-je pas senti, mais trop tard, que je n'étais pas un Caton !

Un jour surtout, je m'en souviens encore, je rendis pleine justice à la sagesse du vieux Romain. J'étais parti de Salerne par un soleil admirable ; mais, à peine en mer, la bourrasque nous surprit et nous poussa vers Amalfi avec une rapidité que nous ne souhaitions guère. En un instant je vis l'équipage pâlir, gesticuler, crier, jurer, pleurer, prier, puis je ne vis plus rien. Battu du vent et de la pluie, mouillé jusqu'aux os, j'étais étendu au fond de la barque, les yeux fermés, le cœur malade, oubliant tout à fait que je voyageais pour mon plaisir, quand, une brusque secousse me rappelant à moi-même, je me

sentis saisi par une main vigoureuse. Au-
dessus de moi, et me tirant par les épaules,
était le patron, l'air réjoui, le regard en-
flammé. « Du courage, Excellence, criait-il
en me remettant sur pied, la barque est à
terre ; nous sommes à Amalfi. Debout ! un
bon dîner vous remettra le cœur ; l'orage est
passé ; ce soir nous irons à Sorrente ! »

> Le temps, la mer, le fou, la femme et la fortune
> Tournent comme le vent, changent comme la lune.

Je sortis du bateau plus ruisselant qu'Ulysse
après son naufrage, et, comme lui, très dis-
posé à baiser la terre qui ne bouge pas. Devant moi étaient les quatre matelots, la rame
à l'épaule, prêts à m'escorter en triomphe
jusqu'à l'auberge de la Lune, qu'on apercevait sur la hauteur. Ses murs, blanchis à la
chaux, brillaient aux feux du jour comme la
neige sur les montagnes. Je suivis mon cor-
tège, mais non pas avec la fierté d'un vain-
queur ; je montais tristement et lentement un
escalier qui n'en finissait pas, regardant les
vagues qui se brisaient au rivage, comme

furieuses de nous avoir lâchés. J'entrai enfin dans l'*osteria* ; il était midi : tout dormait, la cuisine même était déserte ; il n'y avait pour me recevoir qu'une couvée de poulets maigres qui, à mon approche, se prirent à crier comme les oies du Capitole. Je traversai leur bande effrayée pour me réfugier sur une terrasse en arceaux, toute pleine de soleil ; là, m'emparant d'une chaise que j'enfourchai, et appuyant mes bras et ma tête sur le dossier, je me mis, non pas à réfléchir, mais à me sécher, tandis que la maison, et la ville, et la mer, et les cieux eux-mêmes, continuaient à danser autour de moi.

Je me perdais dans mes rêveries, quand la patronne de l'osteria s'avança vers moi, traînant ses pantoufles avec la noblesse d'une reine. Qui a visité Amalfi n'oubliera jamais l'énorme et majestueuse Palomba.

« Que désire Votre Excellence? me dit-elle d'une voix plus aigre que de coutume ; et faisant elle-même la demande et la réponse : Dîner ? c'est impossible : les pêcheurs ne sont pas sortis par ce temps de malheur ; il n'y a pas de poisson.

— Signora, lui répondis-je sans lever la
tête, donnez-moi ce que vous voudrez, une
soupe, un macaroni, peu importe ; j'ai plus
besoin de soleil que de dîner.

La digne Palomba me regarda avec un
étonnement mêlé de pitié.

« Pardon, Excellence, me dit-elle ; au livre
rouge qui sortait de votre poche je vous pre-
nais pour un Anglais. Depuis que ce maudit
livre, qui dit tout, a recommandé le poisson
d'Amalfi, il n'y a pas un milord qui veuille
dîner autrement que ce papier ne le lui or-
donne. Mais puisque vous entendez la raison,
nous ferons de notre mieux pour vous plaire.
Ayez seulement un peu de patience. »

Et aussitôt l'excellente femme, attrapant
au passage deux des poulets qui criaient autour de moi, leur coupa le cou sans que
j'eusse le temps de m'opposer à cet assas-
sinat, dont j'étais complice ; puis, s'asseyant
près de moi, elle se mit à plumer les deux
victimes avec le sang-froid d'un grand cœur.

« Signor, dit-elle au bout d'un instant, la
cathédrale est ouverte, tous les étrangers
vont l'admirer avant dîner. »

Pour toute réponse, je soupirai.

« Excellence, ajouta la digne Palomba, que sans doute je gênais dans ses préparatifs culinaires, vous n'avez pas visité la route nouvelle qui conduit à Salerne? Il y a une vue magnifique sur la mer et les îles.

— Hélas! pensai-je, c'est ce matin et en voiture qu'il fallait prendre cette route! et je ne répondis pas.

— Excellence, dit d'une voix très forte la patronne, très décidée à se débarrasser de moi, le marché se tient aujourd'hui. Beau spectacle, beaux costumes! Et des marchandes qui ont la langue si bien pendue; et des oranges! on en a douze pour un carlin! »

Peine perdue; je ne me serais pas levé pour la reine de Naples en personne!

« Hé donc! s'écria l'hôtesse, à qui la patience échappait; vous voilà plus endormi que Perlino quand il buvait son or potable.

— Perlino de qui? Perlino de quoi? murmurai-je en ouvrant un œil languissant.

— Quel Perlino? reprit Palomba. Y en a-t-il deux dans l'histoire? et quand on ne trouverait pas ici un enfant de quatre ans qui ne

connût ses aventures, est-ce un homme aussi
instruit que Votre Excellence qui peut les
ignorer ?

— Faites comme si je ne savais rien,
contez-moi l'histoire de Perlino, excellente
Palomba ; je vous écoute avec le plus vif
intérêt. »

La bonne femme commença, avec la gravité d'une matrone romaine. L'histoire était
belle ; peut-être la chronologie laissait-elle un
peu à désirer ; mais, dans ce récit touchant,
la sage Palomba faisait preuve d'une si parfaite connaissance des choses et des hommes,
que peu à peu je levai la tête et, fixant les
yeux sur celle qui ne me regardait plus,
j'écoutai avec attention ce qui suit.

II

VIOLETTE

Si l'on en croyait nos anciens, Pæstum
n'aurait pas toujours été ce qu'il est aujour-
d'hui. Il n'y a maintenant. disent les pêcheurs,
que trois vieilles ruines où l'on ne trouve que
la fièvre, des buffles et des Anglais; autrefois
c'était une grande ville, habitée par un peuple
nombreux. Il y a bien longtemps de cela,
comme qui dirait au siècle des patriarches,
quand tout le pays était aux mains des païens
grecs, que d'autres nomment Sarrasins.

En ce temps-là, il y avait à Pæstum un
marchand bon comme le pain, doux comme
le miel, riche comme la mer. On l'appelait
Cecco; il était veuf, et n'avait qu'une fille

qu'il aimait comme son œil droit, Violette,
c'était le nom de cette enfant chérie, était
blanche comme du lait et rose comme la
fraise. Elle avait de longs cheveux noirs, des
yeux plus bleus que le ciel, une joue veloutée
comme l'aile d'un papillon, et un grain de
beauté juste au coin de la lèvre. Joignez à
cela l'esprit du démon, la grâce d'une Made-
leine, la taille de Vénus et des doigts de fée.
Vous comprendrez qu'à la première vue,
jeunes et vieux ne pouvaient se défendre de
l'aimer.

Quand Violette eut quinze ans, Cecco son-
gea à la marier. C'était pour lui un grand
souci. L'oranger, pensait-il, donne sa fleur
sans savoir qui la cueillera ; un père met au
monde une fille, et, pendant de longues
années, la soigne comme la prunelle de ses
yeux pour qu'un beau jour un inconnu lui
vole son trésor, sans même le remercier. Où
trouver un mari digne de ma Violette ? N'importe, elle est assez riche pour choisir qui
lui plaira ; belle et fine comme elle est, elle
apprivoiserait un tigre, si elle s'en mêlait.

Souvent donc le bon Cecco essayait adroi-

tement de parler mariage à sa fille ; autant
eût valu jeter ses discours à la mer. Dès qu'il
touchait cette corde, Violette baissait la tête
et se plaignait d'avoir la migraine ; le pauvre
père, plus troublé qu'un moine qui perd la
mémoire au milieu de son sermon, changeait
aussitôt de conversation, et tirait de sa poche
quelque cadeau qu'il avait toujours en ré-
serve. C'était une bague, un chapelet, un dé
d'or ; Violette l'embrassait, et le sourire revenait comme le soleil après la pluie.

Un jour cependant que Cecco, plus avisé,
avait commencé par où il finissait d'ordinaire,
et que Violette avait dans les mains un si beau
collier qu'il lui était difficile de s'affliger, le
bonhomme revint à la charge. « O amour et
joie de mon cœur, lui disait-il en la caressant,
bâton de ma vieillesse, couronne de mes cheveux blancs, ne verrai-je jamais l'heure où
l'on m'appellera grand-père ? Ne sens-tu pas
que je deviens vieux ? ma barbe grisonne et
me dit chaque jour qu'il est temps de te choisir
un protecteur. Pourquoi ne pas faire comme
toutes les femmes ? Vois-tu qu'elles en meurent ?
Qu'est-ce qu'un mari ? C'est un oiseau en cage,

qui chante tout ce qu'on veut. Si ta pauvre mère vivait encore, elle te dirait qu'elle n'a jamais pleuré pour faire sa volonté ; elle a toujours été reine et impératrice au logis. Je n'osais souffler devant elle, pas plus que devant toi, et je ne puis me consoler de ma liberté.

— Père, dit Violette en lui prenant le menton, tu es le maître, c'est à toi de commander. Dispose de ma main, choisis toi-même. Je me marierai quand tu voudras et à qui tu voudras. Je ne te demande qu'une seule chose.

— Quelle qu'elle soit, je te l'accorde, s'écria Cecco, char d'une sagesse à laquelle on ne l'avait pas h itué.

— Eh bien ! mon bon père, tout ce que je désire, c'est que le mari à qui tu me donneras n'ait pas l'air d'un chien.

— Voilà une idée de petite fille, s'écria le marchand rayonnant de joie. On a raison de dire que beauté et folie vont souvent de compagnie. Si tu n'avais pas tout l'esprit de ta mère, dirais-tu de pareilles sottises ? Crois-tu qu'un homme de sens comme moi, crois-tu que le plus riche marchand de Pæstum sera

assez niais pour accepter un gendre à face de
chien? Sois tranquille, je te choisirai, ou plutôt tu te choisiras le plus beau et le plus
aimable des hommes. Te fallût-il un prince,
je suis assez riche pour te l'acheter. »

A quelques jours de là, il y eut un grand
dîner chez Cecco ; il avait invité la fleur de la
jeunesse à vingt lieues à la ronde. Le repas
était magnifique ; on mangea beaucoup, on
but davantage ; chacun se mit à l'aise et parla
dans l'abondance de son cœur. Quand on eut
servi le dessert, Cecco se retira dans un coin

de la salle, et prenant Violette sur ses genoux :

« Ma chère enfant, lui dit-il tout bas, regarde-moi ce joli jeune homme aux yeux bleus, qui a une raie au milieu de la tête. Crois-tu qu'une femme serait malheureuse avec un pareil chérubin ?

— Vous n'y pensez pas, mon père, dit Violette en riant ; il a l'air d'une levrette.

— C'est vrai, s'écria le bon Cecco, une vraie tête de levrette ! Où avais-je les yeux, pour ne pas voir cela ? Mais ce beau capitaine qui a le front ras, le cou serré, les yeux à fleur de tête, la poitrine bombée, c'est un homme celui-là, qu'en dis-tu ?

— Mon père, il ressemble à un dogue ; j'aurais toujours peur qu'il me mordît.

— Il est de fait qu'il a un faux air de dogue, répondit Cecco en soupirant. N'en parlons plus. Peut-être aimeras-tu mieux un personnage plus grave et plus mûr. Si les femmes savaient choisir, elles ne prendraient jamais un mari qui eût moins de quarante ans. Jusque-là les femmes ne trouvent que des fats qui se laissent adorer ; ce n'est vraiment qu'après quarante ans qu'un homme

est mûr pour aimer et pour obéir. Que dis-tu
de ce conseiller de justice qui parle si bien
et qui s'écoute en parlant ? Ses cheveux gri-
sonnent, qu'importe ! avec des cheveux gris

on n'est pas plus sage qu'avec des cheveux
noirs.

— Père, tu ne tiens pas la parole. Tu vois
bien qu'avec ses yeux rouges et les boucles
blanches qui lui frisent sur les oreilles, ce
seigneur a la mine d'un caniche. »

De tous les convives il en fut de même, pas un n'échappa à la langue de Violette. Celui-ci, qui soupirait en tremblant, ressemblait à un chien turc; celui-là, qui avait de longs cheveux noirs et des yeux caressants, avait la figure d'un épagneul; personne ne fut épargné. On dit, en effet, que, parmi vous autres hommes, il n'en est pas un qui n'ait l'air d'un chien quand on lui met la main sous le nez, en lui cachant la bouche et le menton; vous devez le savoir, vous autres signori, qui êtes tous des savants, car on dit que si vous remuez les pierres de nôtre Italie, c'est pour demander à nos morts la sagesse qui, à mon avis, ne doit pas être une marchandise commune dans votre pays.

« Violette a trop d'esprit, pensa Cecco, je n'en viendrai jamais à bout par la raison. »

Sur quoi il entra dans une colère blanche; il l'appela ingrate, tête de bois, fille de sot, et finit en la menaçant de la mettre au couvent pour le reste de sa vie. Violette pleura; il se jeta à ses genoux, lui demanda pardon, et lui promit de ne jamais plus lui parler de rien. Le lendemain il se leva sans avoir dormi,

embrassa sa fille, la remercia de n'avoir pas
les yeux rouges, et attendit que le vent qui
tourne les girouettes soufflât du côté de sa
maison.

Cette fois, il n'avait pas tort. Avec les
femmes il arrive plus de choses en une heure
qu'en dix ans avec les hommes, et ce n'est
jamais pour elles qu'il est écrit : *On ne passe
pas par ce chemin.*

NAISSANCE ET FIANÇAILLES DE PERLINO

Un jour qu'il y avait fête aux environs, Cecco demanda à sa fille ce qu'il pourrait lui apporter pour lui faire plaisir.

« Père, dit-elle, si tu m'aimes, achète-moi un demi-*cantaro* de sucre de Palerme et autant d'amandes douces ; joins-y cinq ou six bouteilles d'eau de senteur, un peu de musc et d'ambre, une quarantaine de perles, deux saphirs ; une poignée de grenats et de rubis ; apporte-moi aussi vingt écheveaux de fil d'or, dix aunes de velours vert, une pièce de soie cerise, et surtout, n'oublie pas une auge et une truelle d'argent. »

Qui fut étonné de ce caprice ? ce fut le marchand ; mais il avait été trop bon mari pour ne pas savoir qu'avec les femmes il est plus court d'obéir que de raisonner ; il rentra le soir à la maison avec une mule toute chargée. Que n'eût-il pas fait pour un sourire de son enfant ?

Aussitôt que Violette eut reçu tous ces présents, elle monta dans sa chambre et se mit à faire une pâte de sucre et d'amande en l'arrosant d'eau et de jasmin. Puis, comme un potier ou un sculpteur, elle pétrit cette pâte avec sa truelle d'argent, et en moula le plus beau petit jeune homme qu'on eût jamais vu. Elle lui fit les cheveux avec des fils d'or, les yeux avec des saphirs, les dents avec des perles, la langue et les lèvres avec des rubis. Après quoi elle l'habilla de velours et de soie, et le baptisa Perlino, parce qu'il était blanc et rosé comme la nacre de la perle.

Quand elle eut fini son chef-d'œuvre, qu'elle avait placé sur une table, Violette battit des

mains, et se mit à danser autour de Perlino ;
elle lui chantait les airs les plus tendres, elle
lui disait les paroles les plus douces, elle lui
envoyait des baisers à échauffer un marbre :

peine perdue, la poupée ne bougeait pas. Violette en pleurait de dépit, quand elle se souvint
à propos qu'elle avait une fée pour marraine.
Quelle marraine, surtout quand elle est fée,

rejette le premier vœu qu'on lui adresse? Et voici ma jeune fille qui pria tant et tant, que sa marraine l'entendit de deux cents lieues et en eut pitié. Elle souffla; il n'en faut pas davantage aux fées pour faire un miracle. Tout à coup Perlino ouvre un œil, puis deux; il tourne la tête à droite, à gauche, puis il éternue comme une personne naturelle; puis, tandis que Violette riait et pleurait de

plaisir, voilà mon Perlino qui marche sur la table, gravement, à petits pas, comme une douairière qui revient de l'église ou un bailli qui monte au tribunal.

Plus joyeuse que si elle eût gagné le royaume de France à la loterie, Violette emporta Perlino dans ses bras, l'embrassa sur les deux joues, le plaça doucement à terre, puis, prenant sa robe des deux mains, elle se mit à danser autour de lui en chantant :

Danse, danse avec moi,
Cher Perlino de mon âme,

Danse, danse avec moi,
  Si tu veux m'avoir pour femme ;
  Danse, danse avec moi,
Je serai la reine, et tu seras le roi.
Nous sommes tous deux à la fleur de l'âge.
Plaisir de mes yeux, entrons en ménage.

  Courir et sauter,
  Danser et chanter.
  Voilà toute la vie !
Si tu fais toujours tout ce que je veux
Mon petit mari, tu seras heureux
    A donner envie
      Aux dieux
      Des cieux.

Danse, danse avec moi:
  Cher Perlino de mon âme
  Danse, danse avec moi,
  Si tu veux m'avoir pour femme ;
  Danse, danse avec moi,
Je serai la reine et tu seras le roi.

Cecco, qui refusait le compte de ses mar-
chandises, parce qu'il lui semblait dur de ne
gagner qu'un million de ducats dans l'année,
entendit de son comptoir le bruit qu'on faisait
au-dessus de sa tête. « *Per Baccho !* s'écria-t-il,

il se passe là-haut quelque chose d'étrange ;
il me semble qu'on se querelle.

Il monta, et, poussant la porte, vit le plus
joli spectacle du monde. En face de sa fille,

rouge de plaisir, était l'Amour en personne,
l'Amour en pourpoint de velours et de soie.
Les deux mains dans les mains de sa petite
maîtresse, Perlino, sautant des deux pieds à
la fois, dansait, dansait, comme s'il ne devait
jamais s'arrêter.

Aussitôt que Violette aperçut l'auteur de ses jours, elle lui fit une humble révérence, et lui présenta son bien-aimé.

« Mon seigneur et père, lui dit-elle, tu m'as toujours dit que tu désirais me voir mariée. Pour t'obéir et te plaire, j'ai choisi un mari suivant mon cœur.

— Tu as bien fait, mon enfant, répondit
Cecco, qui devina le mystère; toutes les
femmes devraient prendre exemple sur toi.
J'en connais plus d'une qui se couperait un
doigt de la main, et non pas le plus petit, pour
se fabriquer un mari à son goût, un petit mari
tout confit de sucre et de fleur d'oranger.
Donne-leur ton secret, tu sècheras bien des
larmes. Il y a deux mille ans qu'elles se
plaignent et dans deux mille ans elles se
plaindront encore d'être incomprises et sacri-
fiées. »

Sur quoi il embrassa son gendre, le fiança
sur l'heure, et demanda deux jours pour pré-
parer la noce. Il n'en fallait pas moins pour
inviter tous les amis à la ronde et dresser un
dîner qui ne fût pas indigne du plus riche
marchand de Pæstum.

IV

L'ENLÈVEMENT DE PERLINO

Pour voir un mariage si nouveau, on vint de
bien loin : de Salerne et de la Cava, d'Amalfi
et de Sorrente, même d'Ischia et de Pouzzoles.
Riches ou pauvres, jeunes ou vieux, amis ou
jaloux, chacun voulut connaître Perlino. Par
malheur il ne s'est jamais fait de noces sans
que le diable ne s'en mêle; la marraine de
Violette n'avait pas prévu ce qui devait arriver.

Parmi les invités, on attendait une personne considérable; c'était une marquise des
environs, qui s'appelait la dame des Écus-

Sonnants. Elle était aussi méchante et aussi
vieille que Satan; elle avait la peau jaune et
ridée, les yeux caves, les joues creuses, le nez
crochu, le menton pointu; mais elle était si
riche, si riche, que chacun l'adorait au passage et se disputait l'honneur de lui baiser la
main. Cecco la salua jusqu'à terre, et la fit

asseoir à sa droite, heureux et
fier de présenter sa fille et son
gendre à une femme qui, ayant
plus de cent millions, lui faisait la grâce de manger son
dîner.

Tout le long du repas, la
dame des Écus-Sonnants ne fit
que regarder Perlino; la convoitise lui brûlait le cœur. La
marquise habitait un château digne des fées :
les pierres en étaient d'or et les pavés d'argent. Dans ce château il y avait une galerie où
l'on avait rassemblé toutes les curiosités de la
terre : une pendule qui sonnait toujours l'heure
qu'on désirait, un élixir qui guérissait la goutte
et la migraine, un philtre qui changeait, le
chagrin en joie, une flèche de l'amour, l'ombre

de Scipion, le cœur d'une coquette, la reli-
gion d'un médecin, une sirène empaillée, trois
cornes de licorne, la conscience d'un courti-
san, la politesse d'un enrichi, l'hippogriffe
d'*Orlando*, toutes choses qu'on n'a jamais
vues et qu'on ne verra jamais autre part; mais

à ce trésor il manquait un rubis : c'était ce
chérubin de Perlino.

On n'était pas au dessert que la dame avait
résolu de s'emparer de lui. Elle était fort
avare; mais ce qu'elle désirait, il le lui fallait
sur l'heure et à tout prix. Elle achetait tout

ce qui se vend, et même tout ce qui ne se
vend pas; pour le reste, elle le volait, bien
certaine qu'à Naples la justice n'est faite que
pour les petites gens. De médecin ignorant,
de mule rechignée et de femme méchante,
libera nos, Domine, dit le proverbe. Dès qu'on
se fut levé de table, la dame s'approcha de
Perlino, qui, né depuis trois jours, n'avait
pas encore ouvert les yeux sur la malice du
monde; elle lui conta tout ce qu'il y avait de
beau et de riche dans le château des Écus-
Sonnants :

« Viens avec moi, cher petit ami, lui disait-
elle, je te donnerai dans mon palais la place
que tu voudras : choisis; te platt-il d'être page,
avec des habits d'or et de soie; chambellan,
avec une clef en diamants au milieu du dos;
suisse, avec une hallebarde d'argent et un
large baudrier d'or qui te fera une poitrine
plus brillante que le soleil? Dis un mot, tout
est à toi. »

Le pauvre innocent était tout ébloui; mais
si peu qu'il eût respiré l'air natal, il était déjà
Napolitain, c'est-à-dire le contraire d'une
bête.

« Madame, répondit-il naïvement, on dit que travailler c'est le métier des bœufs; il n'est rien de plus sain que de se reposer. Je voudrais un état où il n'y eût rien à faire et beaucoup à gagner, comme font les chanoines de Saint-Janvier.

— Quoi! dit la dame des Écus-Sonnants, à ton âge veux-tu déjà être...?

— Justement, Madame, interrompit Perlino, et plutôt deux fois qu'une, pour avoir double traitement.

— Qu'à cela ne tienne, reprit la marquise; en attendant, viens que je te montre ma voiture, mon cocher anglais et mes six chevaux gris. »

Et elle l'entraîna vers le perron.

« Et Violette? dit faiblement Perlino.

— Violette nous suit, » répondit la dame en tirant l'imprudent, qui se laissait faire.

Une fois dans la cour, elle lui fit admirer ses chevaux, qui, en piaffant, secouaient de

beaux filets de soie rouge parsemés de clo-
chettes d'or; puis elle le fit monter dans la
voiture pour essayer les coussins et se mirer
dans les glaces.

Tout d'un coup elle ferme la portière :
fouette, cocher; les voilà partis pour le château
des Écus-Sonnants.

Violette cependant recevait avec une grâce
parfaite les compliments de l'assemblée ;
bientôt, étonnée de ne plus voir son fiancé,
qui ne la quittait guère plus que son ombre,
elle court dans toutes les salles : personne ;
elle monte sur le toit de la maison pour voir
si Perlino n'y avait pas été chercher le frais :
personne. Dans le lointain on apercevait un
nuage de poussière, et un carrosse qui s'en-
fuyait vers les montagnes au galop de six chevaux. Plus de doute, on enlevait Perlino. A
cette vue, Violette sentit son cœur faiblir.
Aussitôt, sans penser qu'elle était nu-tête, en
coiffure de mariée, en robe de dentelles, en
souliers de satin, elle sortit de la maison de
son père et se mit à courir après la voiture,
appelant à grands cris Perlino et lui tendant
les bras.

Vaines paroles qu'emportait le vent. L'ingrat était tout entier aux paroles mielleuses de sa nouvelle maîtresse ; il jouait avec les bagues qu'elle portait aux doigts et croyait déjà que le lendemain il se réveillerait prince

et seigneur, Hélas! il y en a de plus vieux que lui qui ne sont pas plus sages! Quand sait-on qu'au logis bonté et beauté valent mieux que richesse? C'est quand il est trop tard, et qu'on n'a plus de dents pour ronger les fers qu'on s'est mis aux mains.

V

LA NUIT ET LE JOUR

La pauvre Violette courut tout le jour;
fossés, ruisseaux, halliers, ronces, épines,
rien ne l'arrêtait; qui souffre pour l'amour ne
sent pas la peine. Quand vint le soir, elle se
trouva dans un bois sombre, accablée de
fatigue, mourant de faim, les pieds et les
mains en sang. La frayeur la prit; elle
regardait autour d'elle sans remuer; il lui
semblait que du milieu de la nuit sortaient
des milliers d'yeux qui la suivaient en la
menaçant. Tremblante, elle se jeta au pied
d'un arbre, appelant à voix basse Perlino
pour lui dire un dernier adieu.

Comme elle retenait son haleine, ayant si

grand'peur qu'elle n'osait respirer, elle entendit les arbres du voisinage qui parlaient entre
eux. C'est le privilège de l'innocence, qu'elle
comprend toutes les créatures de Dieu.

« Voisin, disait un caroubier à un olivier
qui n'avait plus que l'écorce, voilà une jeune
fille qui est bien imprudente de se coucher à
terre. Dans une heure, les loups sortiront de
leur tanière ; s'ils l'épargnent, la rosée et le
froid du matin lui donneront une telle fièvre
qu'elle ne se relèvera pas. Que ne monte-
t-elle dans mes branches ; elle y pourrait
dormir en paix, et je lui offrirais volontiers
quelques-unes de mes gousses pour ranimer
ses forces épuisées.

— Vous avez raison, voisin, répondait
l'olivier. L'enfant ferait mieux encore si, avant
de se coucher, elle enfonçait son bras dans
mon écorce. On y a caché les habits et la
zampogne¹ d'un *pifferaro*. Quand on brave
la fraîcheur des nuits, une peau de bique n'est
pas à dédaigner ; et, pour une fille qui court
le monde, c'est un costume léger qu'une

¹ Espèce de cornemuse.

robe de dentelles et des souliers de satin. »

Qui fut rassurée? Ce fut Violette. Quand elle eut cherché à tâtons la veste de bure, le manteau de peau de chèvre, la zampogne et le chapeau pointu du pifferaro, elle monta bravement sur le caroubier, mangea des fruits

sucrés, but la rosée du soir, et, après s'être bien-enveloppée, elle s'arrangea entre deux branches du mieux qu'elle put. L'arbre l'entoura de ses bras paternels, des ramiers sortant de leurs nids la couvrirent de feuilles, le vent la berçait comme un enfant, et elle

s'endormit en songeant à son bien-aimé.
— En s'éveillant le lendemain, elle eut peur.
Le temps était calme et beau ; mais, dans le
silence des bois, la pauvre enfant sentait
mieux la solitude. Tout vivait, tout s'animait
autour d'elle ; qui songeait à la pauvre
délaissée ? Aussi se mit-elle à chanter pour
appeler à son secours tout ce qui passait
auprès d'elle sans la regarder.

O vent, qui souffles de l'aurore,
N'as-tu pas vu mon bien-aimé
Parmi les fleurs qu'a fait éclore
La nuit au silence embaumé ?
A-t-il pleuré de mon absence ?
A-t-il prié pour mon retour ?
Rends-moi la joie et l'espérance
Dis-moi sa peine et son amour.

Gai papillon, légère abeille,
Poursuivez l'ingrat qui me fuit ;
La grenade la plus vermeille,
Le jasmin le plus frais, c'est lui !
Il est plus pur que la verveine ;
Son front est blanc comme le lis ;
La violette a son haleine ;
Ses yeux sont bleus comme l'iris.

Cherche-le-moi, bonne hirondelle,
Cherchez-le-moi, petits oiseaux,
Parmi le thym et l'asphodèle,
Au fond des bois, au bord des eaux.
Loin de lui je souffre et je pleure,
Je tremble de crainte et d'émoi ;
Si vous ne voulez pas que je meure,
O chers amis, rendez-le-moi !

Le vent passa en murmurant ; l'abeille partit pour chercher son butin ; l'hirondelle poursuivit les mouches jusqu'au haut des cieux ; les oiseaux, criant et chantant, s'agacèrent dans la feuillée ; personne ne s'inquiéta de Violette. Elle descendit de l'arbre en soupirant et marcha tout droit devant elle, se fiant à son cœur pour retrouver Perlino.

VI

LES TROIS RENCONTRES

Il y avait un torrent qui tombait de la montagne ; son lit était à demi séché ; ce fût le chemin que prit Violette. Déjà les lauriers-roses sortaient du fond de l'eau leurs têtes recouvertes de fleurs ; la fille de Cecco s'enfonça dans cette verdure, suivie par les papillons, qui voltigeaient autour d'elle comme autour d'un lis qu'agite le vent. Elle marchait plus vite qu'un banni qui rentre au logis ; mais la chaleur était lourde ; vers midi il lui fallut s'arrêter.

En approchant d'une flaque d'eau pour y rafraîchir ses pieds brûlants, elle aperçut une abeille qui se noyait. Violette allongea son petit pied ; la bestiole y monta. Une fois à sec, l'abeille resta quelque temps immobile comme pour reprendre haleine, puis elle secoua ses ailes mouillées ; puis, passant sur tout son corps ses pattes plus fines qu'un fil de soie, elle se sécha, se lissa et, prenant son vol, vint bourdonner autour de celle qui lui avait sauvé la vie.

« Violette, lui dit-elle, tu n'as pas obligé une ingrate. Je sais où tu vas ; laisse-moi t'accompagner. Quand je serai fatiguée, je me reposerai sur ta tête. Si jamais tu as besoin de moi, dis seulement : *Nabuchodonosor ; la paix du cœur vaut mieux que l'or* ; peut-être pourrai-je te servir

— Jamais, pensa Violette, je ne pourrai dire · *Nabuchodonosor...*

— Que veux-tu ? demanda l'abeille.

— Rien, rien, reprit la fille de Cecco, je n'ai besoin de toi qu'auprès de Perlino. »

Elle se remit en route, le cœur plus léger ; au bout d'un quart d'heure, elle entendit un petit cri : c'était une souris blanche qu'avait blessée un hérisson et qui ne s'était sauvée de son ennemi que tout en sang et à

demi morte. Violette eut pitié de la pauvre
bête. Si pressée qu'elle fût, elle s'arrêta pour
lui laver ses blessures et lui donner une des
caroubes qu'elle avait gardées pour son dé-
jeuner.

« Violette, lui dit la souris, tu n'as pas
obligé une ingrate. Je sais où tu vas. Mets-
moi dans ta poche avec le reste de tes caroubes. Si jamais tu as besoin de moi, dis
seulement : *Tricchè varlacchè, habits dorés,
cœurs de laquais* ; peut-être pourrai-je te
servir. »

Violette glissa la souris dans sa poche

pour qu'elle y pût grignoter tout à l'aise, et
continua de remonter le torrent. Vers la
brune elle approchait de la montagne, quand
tout à coup, du haut d'un grand chêne,

tomba à ses pieds un écu-
reuil, poursuivi par un hor-
rible chat-huant. La fille de
Cecco n'était pas peureuse ;
elle frappa le hibou avec
sa zampogne et le mit en
fuite ; puis, elle ramassa
l'écureuil, plus étourdi que
blessé de sa chute ; à force
de soins, elle le ranima.

« Violette, lui dit l'écureuil, tu n'as pas obligé un
ingrat ; je sais où tu vas.
Mets-moi sur ton épaule et
cueille-moi des noisettes
pour que je ne laisse pas
mes dents s'allonger. Si
jamais tu as besoin de moi, dis seulement :
Patati patata, regarde bien et tu verras ;
peut-être pourrai-je te servir. » Violette fut
un peu étonnée de ces trois rencontres ; elle

ne comptait guère sur cette reconnaissance
en paroles ; que pouvaient faire pour elle de
si faibles amis? Qu'importe ! pensa-t-elle,
le bien est toujours le bien. Advienne que
pourra : j'ai eu pitié des malheureux.

A ce moment la lune sortit d'un nuage,
et sa blanche lumière éclaira le vieux château
des Écus-Sonnants.

VII

LE CHATEAU DES ECUS-SONNANTS

La vue du château n'était pas faite pour
rassurer. Sur le haut d'une montagne qui
n'était qu'un amas de roches éboulées, on
apercevait des créneaux d'or, des tourelles
d'argent, des toits de saphir et de rubis,
mais entourés de grands fossés pleins d'une
eau verdâtre, mais défendus par des ponts-
levis, des herses, des parapets, d'énormes
barreaux et des meurtrières d'où sortait la
gueule des canons, tout l'attirail de la guerre
et du meurtre. Le beau palais n'était qu'une
prison. Violette grimpa péniblement par des
sentiers tortueux, et arriva enfin, par un passage étroit, devant une grille de fer armée

d'une énorme serrure. Elle appela : point de réponse ; elle tira une cloche ; aussitôt parut une espèce de geôlier, plus noir et plus laid que le chien des enfers.

« Va-t-en, mendiant, cria-t-il, ou je t'assomme ! La pauvreté ne gîte point ici. Au château des Écus-Sonnants on ne fait l'aumône qu'à ceux qui n'ont besoin de rien. »

La pauvre Violette s'éloigna tout en pleurs.

« Du courage ! lui dit l'écureuil, tout en cassant une noisette, joue de la zampogne.

— Je n'en ai jamais joué, répondit la fille de Cecco.

— Raison de plus, dit l'écureuil ; tant qu'on n'a pas essayé d'une chose, on ne sait pas ce qu'on peut faire. Souffle toujours. »

Violette se mit à souffler de toutes ses forces, en remuant les doigts et en chantant dans l'instrument. Voici la zampogne qui se gonfle et qui joue une tarentelle à faire danser les morts. A ce bruit, l'écureuil saute à terre, la souris ne reste pas en arrière ; les voilà qui dansent et sautent comme de vrais Napolitains, tandis que l'abeille tourne autour d'eux en bourdonnant. C'était un spectacle à payer sa place un carlin, et sans regret.

Au bruit de cette agréable musique, on vit bientôt s'ouvrir les noirs volets du château.

La dame des Écuts-Sonnants avait auprès d'elle ses filles d'honneur, qui n'étaient pas fâchées de regarder de temps en temps si les mouches volaient toujours de la même façon. On a beau n'être pas curieuse, ce n'est pas tous les jours qu'on entend une tarentelle jouée par un pâtre aussi joli que Violette.

« Petit, disait l'une, viens par ici !

— Berger, criait l'autre, viens de mon côté !

Et toutes de lui envoyer des sourires, mais la porte restait fermée.

« Damoiselles, dit Violette en ôtant son chapeau, soyez aussi bonnes que vous êtes belles : la nuit m'a surpris dans la montagne ; je n'ai ni gîte ni souper. Un coin dans l'écurie et un morceau de pain ; mes petits danseurs vous amuseront toute la soirée.

Au château des Écus-Sonnants, la consigne est sévere. On y craint tellement les voleurs que, passé la brune, on n'ouvre à personne. Ces demoiselles le savaient bien ; mais, dans cette honnête maison, il

y a toujours de la corde de pendu. On en
jeta un bout par la fenêtre. En un instant
Violette fut hissée dans une grande chambre
avec toute sa ménagerie. Là il lui fallut
pendant de longues heures, et danser,
souffler et chanter, sans qu'on lui permît
d'ouvrir la bouche pour demander où était
Perlino.

N'importe ; elle était heureuse de se sentir
sous le même toit ; il lui semblait qu'à ce
moment le cœur de son bien-aimé devait
battre comme battait le sien. C'était une
innocente : elle croyait qu'il suffit d'aimer
pour qu'on vous aime. Dieu sait quels beaux
rêves elle fit cette nuit-là !

VIII

Le lendemain, de grand matin, Violette, qu'on avait couchée au grenier, monta sur les toits et regarda autour d'elle ; mais elle eut beau courir de tous les côtés, elle ne vit que des tours grillées et des jardins déserts. Elle descendit tout en larmes, quoi que fissent ses trois amis pour la consoler.

Dans la cour, toute pavée d'argent, elle trouva les filles d'honneur assises en rond et filant des étoupes d'or et de soie.

« Va-t'en, lui crièrent-elles ; si Madame voyait tes haillons, elle nous chasserait. Sors d'ici, vilain joueur de zampogne et ne reviens jamais, à moins que tu ne sois prince ou banquier.

— Sortir ! dit Violette ; pas encore, belles demoiselles : laissez-moi vous servir ; je serai si doux, si obéissant, que vous ne régretterez jamais de m'avoir gardé près de vous. »

Pour toute réponse, la première demoiselle se leva : c'était une grande fille maigre, sèche, jaune, pointue ; d'un geste elle montra la porte au petit pâtre et appela le geôlier, qui s'avança en fronçant les sourcils et en brandissant sa hallebarde.

« Je suis perdue, s'écria la pauvre fille, je ne reverrai jamais mon Perlino !

— Violette, dit gravement l'écureuil, on éprouve l'or dans la fournaise et les amis dans l'infortune.

— Tu as raison, s'écria la fille de Cecco : *Nabuchodonosor, la paix du cœur vaut mieux que l'or.* »

Aussitôt l'abeille s'envole, et voilà qu'au milieu de la cour il entre, je ne sais par où, un beau carrosse de cristal, avec un timon en rubis et des roues d'émeraude. L'équipage était tiré par quatre chiens noirs, gros comme le poing, qui marchaient sur leurs oreilles. Quatre grands scarabées, montés en jockeys,

conduisaient d'une main légère cet attelage
mignon. Au fond du carrosse, mollement couchée sur des carreaux de satin bleu, s'étendait
une jeune bécasse coiffée d'un petit chapeau
rose et vêtue d'une robe de taffetas si ample
qu'elle débordait sur les deux roues. D'une

patte, la dame tenait un éventail, de l'autre
un flacon ainsi qu'un mouchoir brodé à ses
armes et garni d'une large dentelle. Auprès
d'elle, à demi enseveli sous les flots de taffetas, était un hibou, l'air ennuyé, l'œil mort,
la tête pelée, et si vieux que son bec croisait

comme des ciseaux ouverts. C'était de jeunes
mariés qui faisaient leurs visites de noce, un
ménage à la mode, tel que les aime la dame
des Écus-Sonnants.

A la vue de ce chef-d'œuvre, un cri de joie
et d'admiration éveilla tous les échos du palais. D'étonnement le geôlier en laissa choir
sa pipe, tandis que les demoiselles couraient
après le carrosse, qui fuyait au galop de ses
quatre épagneuls, comme s'il emportait l'em-
pereur des Turcs ou le diable en personne. Ce
bruit étrange inquiéta la dame des Écus-Sonnants, qui craignait toujours d'être pillée ; elle
accourut, furieuse, et résolue de mettre toutes
ses filles d'honneur à la porte. Elle payait pour
être respectée et voulait en avoir pour son
argent.

Mais quand elle aperçut l'équipage, quand
le hibou l'eut saluée d'un signe de bec et que
la bécasse eut trois fois remué son mouchoir
avec une adorable nonchalance, la colère de
la dame s'évanouit en fumée.

« Il me faut cela ! cria-t-elle. Combien le
vend-on ? »

La voix de la marquise effraya Violette,

mais l'amour de Perlino lui donnait du cœur ;
elle répondit que, si pauvre qu'elle fût, elle
aimait mieux son caprice que tout l'or du
monde ; elle tenait à son carrosse et ne le
vendrait pas pour le château des Écus-Sonnants.

« Sotte vanité des gueux ! murmura la
dame. Il n'y a vraiment que les riches qui
aient le saint respect de l'or et qui soient
prêts à tout faire pour un écu. Il me faut cette
voiture ! dit-elle d'un ton menaçant ; coûte
que coûte, je l'aurai.

— Madame, reprit Violette fort émue, c'est
vrai que je ne veux pas le vendre, mais je
serais heureuse de l'offrir en don à Votre Seigneurie, si elle voulait m'honorer d'une faveur.

— Ce sera cher, pensa la marquise. Parle,
dit-elle à Violette ; que demandes-tu ?

— Madame, dit la fille de Cecco, on assure
que vous avez un musée où toutes les curiosités de la terre sont réunies ; montrez-le-moi ;
s'il y a quelque chose de plus merveilleux que
ce carrosse, mon trésor est à vous. »

Pour toute réponse, la dame des Écus-Sonnants haussa les épaules et mena Violette dans

une grande galerie qui n'a jamais eu sa pareille. Elle lui fit regarder toutes ses richesses : une étoile tombée du ciel, un collier fait avec un rayon de la lune, natté et tressé à trois rangs, des lis noirs, des roses vertes, un amour éternel, du feu qui ne brûlait pas, et bien d'autres raretés ; mais elle ne montra pas la seule chose qui touchât Violette : Perlino n'était pas là.

La marquise cherchait dans les yeux du petit pâtre l'admiration et l'étonnement ; elle fut surprise de n'y voir que l'indifférence.

« Eh bien, dit-elle, toutes ces merveilles sont autre chose que tes quatre toutous : le carrosse est à moi.

— Non, Madame, dit Violette. Tout cela est mort, et mon équipage est vivant. Vous ne pouvez pas comparer des pierres et des cailloux à mon hibou et à ma bécasse, personnages si vrais, si naturels, qu'il semble qu'on vient de les quitter dans la rue. L'art n'est rien auprès de la vie.

— N'est-ce que cela ? dit la marquise ; je te montrerai un petit homme fait de sucre et de pâtes d'amandes, qui chante comme un rossignol et raisonne comme un académicien.

— Perlino ! s'écria Violette.

— Ah ! dit la dame des Écus-Sonnants, mes filles d'honneur ont parlé. »

Elle regarda le joueur de zampogne, avec l'instinct de la peur.

« Toute réflexion faite, ajouta-t elle, sors d'ici, je ne veux plus de tes jouets d'enfants.

— Madame, dit Violette toute tremblante, laissez-moi causer avec ce miracle de Perlino, et prenez le carrosse.

— Non, dit la marquise ; va-t-en et emporte tes bêtes avec toi.

Laissez-moi seulement voir Perlino.

— Non ! non ! répondit la dame.

— Seulement coucher une nuit à sa porte, reprit Violette tout en larmes. Voyez quel bijou vous refusez, ajouta-t-elle, en mettant un genou en terre et en présentant la voiture à la dame des Écus-Sonnants. »

A cette vue, la marquise hésita, puis elle sourit ; en un instant elle avait trouvé le moyen de tromper Violette et d'avoir pour rien ce qu'elle convoitait.

« Marché conclu, dit-elle en saisissant le

carrosse ; tu coucheras ce soir à la porte de
Perlino, et même tu le verras ; mais je te
défends de lui parler. »

Le soir venu, la dame des Écus-Sonnants
appela Perlino pour souper avec elle. Quand
elle l'eut fait bien manger et bien boire, ce qui
était aisé avec un garçon d'humeur facile, elle
versa d'excellent vin blanc de Capri dans une
coupe de vermeil, et tirant de sa poche une
botte de cristal, elle y prit une poudre rou-
geâtre qu'elle jeta dans le vin.

« Bois cela, mon enfant, dit-elle à Perlino,
et donne-moi ton goût. »

Perlino, qui faisait tout ce qu'on lui disait,
avala la liqueur d'un seul trait

« Pouah ! s'écria-t-il, ce breuvage est abo-
minable, c'est une odeur de boue et de sang ;
c'est du poison.

— Niais ! dit la marquise, c'est de l'or potable ; qui en a bu une fois en boira toujours.
Prends ce second verre, tu le trouveras meilleur que le premier. »

La dame avait raison ; à peine l'enfant eut-il
vidé la coupe, qu'il fut pris d'une soif ardente.

« Encore ! disait-il, encore !

Il ne voulait plus quitter la table. Pour le
décider à se coucher, il fallut que la marquise
lui fît un grand cornet de cette poudre mer-

veilleuse, qu'il mit soigneusement dans sa
poche, comme un remède à tous les maux.

Pauvre Perlino ! c'était bien un poison qu'il
avait pris, et le plus terrible de tous. Qui boit

de l'or potable, son cœur se glace tant que le
fatal breuvage est dans l'estomac. On ne con-
naît plus rien, on n'aime plus rien, ni père,
ni mère, ni femme, ni enfants, ni amis, ni
pays ; on ne songe plus qu'à soi ; on veut
boire, et on boirait tout l'or et tout le sang
de la terre sans étancher une soif que rien ne
peut assouvir.

Cependant que faisait Violette ? Le temps
lui semblait aussi long qu'au pauvre un jour
sans pain. Aussi, dès que la nuit eut mis son
masque noir pour ouvrir le bal des étoiles,
Violette courut-elle à la porte de Perlino, bien
sûre qu'en la voyant Perlino se jetterait
dans ses bras. Comme son cœur battait quand
elle l'entendit monter ! quel chagrin quand
l'ingrat passa devant elle sans même la
regarder !

La porte fermée à double tour et la clef
retirée, Violette se jeta sur une natte qu'on
lui avait donnée par pitié ; là elle se mit à
fondre en larmes, se fermant la bouche avec
les mains pour étouffer ses sanglots. Elle
n'osait se plaindre, de crainte qu'on ne la
chassât ; mais, quand vint l'heure où les

étoiles seules ont les yeux ouverts, elle gratta doucement à la porte et chanta à demi-voix :

Perlino, m'entends-tu? C'est moi qui te délivre,
Ouvre-moi !
Viens vite, je t'attends : ami je ne puis vivre
Loin de toi.
Ouvre-moi ! mon cœur te désire;
Je brûle, j'ai froid, je soupire;
Tout le jour
C'est d'amour,
Et la nuit
C'est d'ennui.

Hélas ! elle eut beau chanter, rien ne bougea dans la chambre. Perlino ronflait comme un mari de dix ans et ne rêvait qu'à sa poudre d'or. Les heures se traînèrent lentement, sans apporter d'espérance. Si longue et si douloureuse que fut la nuit, le matin fut plus triste encore. La dame des Écus-Sonnants arriva dès le point du jour.

Te voilà content, beau joueur de zampogne, lui dit-elle avec un malin sourire, le carrosse est payé le prix que tu m'as demandé.

— Puisses-tu avoir un pareil contentement tous les jours de ta vie ! murmura la pauvre Violette, j'ai passé une si mauvaise nuit que je ne l'oublierai de sitôt. »

IX

TRICCHÈ VARLACCHÈ

La fille de Cecco se retira tristement ; plus
d'espoir, il fallait retourner chez son père et
oublier celui qui ne l'aimait plus. Elle traversa
la cour, suivie par les demoiselles d'honneur, qui la raillaient de sa simplicité. Arri-
vée près de la grille, elle se retourna comme
si elle attendait un dernier regard ; en se
voyant seule, le courage l'abandonna ; elle

fondit en larmes et cacha sa tête dans ses mains.

« Sors donc, misérable gueux ! lui cria le geôlier, en saisissant Violette au collet et en la secouant d'importance.

— Sortir ! dit Violette, jamais ! *Tricchè varlacchè*! cria-t-elle, *habits dorés, cœurs de laquais !* »

Et voilà la souris qui se jette au nez du geôlier, le mord jusqu'au sang ; puis, devant la grille même s'élève une volière grande comme un pavillon chinois. Les barreaux en sont d'argent, les mangeoires de diamant ; au lieu de millet, il y a des perles ; au lieu de colifichets, des ducats enfilés dans des rubans de toutes les couleurs. Au milieu de cette cage magnifique, sur un bâton en échelle qui tourne à tous les vents, sautent et gazouillent des milliers d'oiseaux de toute taille et de tous pays : colibris, perroquets, cardinaux, merles linottes, serins et le reste ; tout ce monde emplumé sifflait le même air, chacun dans son jargon. Violette, qui entendait le langage des oiseaux comme celui des plantes, écouta ce que disaient toutes ces voix, et traduisit la

chanson aux filles d'honneur, bien étonnées
de trouver une si rare prudence chez les perroquets et les serins.

Voici ce que chantait le chœur des oiseaux :

Fi de la liberté !
Vive la cage !
Quand on est sage :
On est ici bien nourri, bien traité,
Bien renté,
Au chaud en hivèr, au frais en été;
On paye en ramage
L'hospitalité.
Vive la cage !
Fi de la liberté !

Après ces cris joyeux, il se fit un grand silence; un vieux perroquet rouge et vert, à
l'air grave et sérieux, leva la patte, et, tout
en tournant, chanta d'un ton nasillard ou
plutôt croassa ce qui suit :

Le rossignol est un monsieur vêtu de noir,
Fort déplaisant à voir,
Qui ne sort que le soir,
Pour chanter à la lune ;

C'est un orgueilleux
Qui vit comme un gueux
Et se dit heureux ;
Sa voix nous importune.
On devrait, entre nous,
Clouer à quatre clous,
Comme des hiboux,
Ces fous
Qui n'adorent pas la fortune !

Et tous les oiseaux, ravis de cette élo-
quence, se mirent à siffler d'une voix per-
çante :

Fi de la liberté !
Vive la cage ! etc., etc.

Pendant qu'on entourait la volière magique,
la dame des Écus-Sonnants était accourue ;
comme on le pense bien, elle ne fut pas la
dernière à convoiter cette merveille.

« Petit, dit-elle au joueur de zampogne,
me vends-tu cette cage au même prix que le
carrosse ?

— Volontiers, Madame, répondit Violette,
qui n'avait d'autre désir.

— Marché conclu ! dit la dame, il n'y a que les gueux pour se permettre de pareilles folies. »

Le soir, tout se passa comme la veille. Perlino, ivre d'or potable, entra dans sa chambre sans même lever les yeux ; Violette se jeta sur sa natte, plus misérable que jamais.

Elle chanta comme le premier jour ; elle pleura à fendre les pierres : peine inutile. Perlino dormait comme un roi détrôné ; les sanglots de sa maîtresse le berçaient comme eût fait le bruit de la mer et du vent. Vers minuit, les trois amis de Violette, affligés de son chagrin, tinrent conseil :

« Il n'est pas naturel que cet enfant dorme de la sorte, disait compère l'écureuil.

— Il faut entrer et l'éveiller, disait la souris.

— Comment entrer ? disait l'abeille, qui avait inutilement cherché une fente tout le long du mur.

— C'est mon affaire, dit la souris.

Et vite, et vite, elle ronge un petit coin de la porte ; ce fut assez pour que l'abeille se glissât dans la chambre de Perlino.

Il était là tranquillement endormi sur le dos, ronflant avec la régularité d'un chanoine qui fait la sieste. Ce calme irrita l'abeille, elle piqua Perlino sur la lèvre ; Perlino soupira et se donna un soufflet sur la joue, mais il ne s'éveilla point.

« On a endormi, l'enfant dit l'abeille, revenue auprès de Violette pour la consoler. Il y a de la magie. Que faire ?

— Attendez, dit la souris, qui n'avait pas laissé rouiller ses dents, je vais entrer à mon tour ; je l'éveillerai, dussé-je lui manger le cœur.

— Non, non, dit Violette, je ne veux pas qu'on fasse de mal à mon Perlino. »

La souris était déjà dans la chambre. Sauter sur le lit, s'insinuer sous la couverture, ce fut un jeu pour la cousine des rats. Elle alla droit à la poitrine de Perlino ; mais, avant d'y faire un trou, elle écouta ; le cœur ne battait pas ; plus de doute ! Perlino était enchanté.

Comme elle rapportait cette nouvelle, l'aurore éclairait déjà le ciel ; la méchante dame arriva, toujours souriante. Violette, furieuse

d'avoir été jouée, et qui de colère se mangeait les mains, n'en fit pas moins une belle
révérence à la marquise en disant tout bas :
« A demain ! »

X

PATATI, PATATA

Cette fois, Violette descendit avec plus de courage. L'espoir lui revenait. Comme la veille, elle trouva les filles d'honneur dans la cour, toujours filant leurs étoupes.

« Allons, beau joueur de zampogne, lui crièrent-elles en riant, fais-nous encore un tour de ton métier?

— Pour vous plaire, belles demoiselles, répondit Violette : *Patati, patata, dit-elle, regarde bien et tu verras.* »

A l'instant, compère l'écureuil jette à terre une de ses noisettes ; aussitôt on voit paraître un théâtre de marionnettes. Le rideau se tire ; la scène représente une audience de

justice, l'audience de Rominagrobis. Au fond,
sur un trône tendu de velours rouge et tout
étoilé de griffes d'or, est le bailli, un gros
chat à mine respectable, quoiqu'il y ait un
reste de fromage sur ses longues moustaches.
Toujours recueilli en lui-même, les mains
croisées dans ses longues manches, les yeux
fermés, on dirait qu'il dort, si jamais la justice dormait dans le royaume des chats.

De côté est un banc de bois où sont enchaî-
nées trois souris, auxquelles par précaution
on a rogné les dents et coupé les oreilles.
Elles sont soupçonnées, ce qui à Naples veut
dire convaincues, d'avoir regardé de trop
près une couenne de vieux lard. En face des
coupables est un dais de drap noir, au front
duquel on a inscrit en lettres d'or cette sen-
tence du grand poète et magicien Virgile :

Écrase les souris et ménage les chats.

Sous le dais se tient debout le fiscal ;
c'est une belette au front fuyant, aux yeux
rouges, à la langue pointue ; elle a la main
sur son cœur et fait une belle harangue pour

demander la loi d'étrangler les souris. Sa parole coule comme l'eau d'une fontaine; c'est d'une voix si tendre, si pénétrante, que la bonne dame implore et sollicite la mort de ces affreuses petites bêtes, qu'en vérité on s'indigne de leur endurcissement. Il semble qu'elles manquent à tous leurs devoirs en n'offrant pas elles-mêmes leurs têtes criminelles pour calmer l'émotion et sécher les pleurs de cette excellente belette, qui a tant de larmes dans le gosier.

Quand le fiscal eut fini son oraison funèbre, un jeune rat, à peine sevré, se leva pour défendre les coupables. Déjà il avait assuré ses lunettes, ôté son bonnet et secoué ses manches, quand, par respect pour la libre défense et dans l'intérêt des accusées, le chat lui interdit la parole. Alors, et d'une voix solennelle, maître Rominagrobis gourmanda les accusées, les témoins, la société, le ciel, la terre et les rats; puis, se couvrant, il fulmina un arrêt vengeur, et condamna ces bêtes criminelles à être pendues et écorchées séance tenante, avec confiscation des biens, abolition de la mémoire et condamnation en tous les frais, la contrainte par corps limitée toutefois à cinq années ; car il faut être humain, même avec les scélérats.

La farce est jouée, la toile se ferma.

« Comme cela est vivant ! s'écria la dame des Écus-Sonnants. C'est la justice des chats prise sur le fait. Pâtre ou sorcier, qui que tu sois, vends-moi ta chambre étoilée.

— Toujours au même prix, Madame, répondit Violette.

— A ce soir donc ! reprit la marquise.

— A ce soir ! » dit Violette.

Et elle ajouta tout bas :

« Puisses-tu me payer tout le mal que tu m'as fait ! »

Pendant qu'on donnait la comédie dans la cour, l'écureuil n'avait pas perdu son temps. A force de trotter sur les toits, il avait fini par découvrir Perlino, qui mangeait des figues dans le jardin. Du toit, maître écureuil avait sauté sur un arbre, de l'arbre sur un buisson. Toujours dégringolant, il arriva jusqu'à Perlino, qui jouait à la *morra*[1] avec son ombre, moyen sûr de toujours gagner.

L'écureuil fit une cabriole et s'assit devant Perlino avec la gravité d'un notaire.

« Ami, lui dit-il, la solitude a des charmes ; mais tu n'as pas l'air de beaucoup t'amuser en jouant tout seul ; si nous faisions ensemble une partie ?

— Peuh ! dit Perlino en bâillant, tu as les

[1] Dans le jeu de la *morra*, chacun des joueurs ouvre un ou plusieurs doigts ; c'est ce nombre de doigts ouverts que l'adversaire doit deviner.

doigts trop courts, et tu n'es qu'une bête.

— Des doigts courts ne sont pas toujours un défaut, reprit l'écureuil ; j'en ai vu pendre plus d'un dont le crime était d'avoir les doigts trop longs ; et si je suis une bête, seigneur Perlino, au moins suis-je une bête éveillée. Cela vaut mieux que d'avoir tant d'esprit et de dormir comme un loir Si jamais le bonheur frappe à ma porte pendant la nuit, au moins serai-je debout pour lui ouvrir

— Parle clairement, dit Perlino ; depuis deux jours il se passe en moi quelque chose d'étrange J'ai la tête lourde et le cœur chagrin, je fais de mauvais rêves. D'où cela vient-il ?

— Cherche ! dit l'écureuil Ne bois point, tu ne dormiras pas, ne dors pas, tu verras bien des choses. A bon entendeur, salut ! »

Sur ce, l'écureuil grimpa sur une branche et disparut

Depuis que Perlino vivait dans la retraite, la raison lui venait, rien ne rend méchant comme de s'ennuyer à deux, rien ne rend sage comme de s'ennuyer tout seul. Au souper,

il étudia la figure et le sourire de la dame
des Écus-Sonnants; il fut aussi gai convive
que d'habitude; mais chaque fois qu'on lui
présenta la coupe d'oubli, il s'approcha de la
fenêtre pour admirer la beauté du soir et
chaque fois il jeta de l'or potable dans le
jardin. Le poison tomba, dit-on, sur des vers
blancs qui perçaient la terre; c'est depuis
ce temps-là que les hannetons sont dorés.

XI

LA RECONNAISSANCE

En entrant dans sa chambre, Perlino remarqua le joueur de zampogne qui le regardait tristement ; mais il ne fit point de questions ; il avait hâte d'être seul pour voir si le bonheur frapperait à sa porte et sous quelle figure il entrerait. Son inquiétude ne fut pas de longue durée. Il n'était pas encore au lit qu'il entendit une voix douce et plaintive ; c'était Violette qui, dans les termes les plus tendres, lui rappelait comment elle l'avait fait et pétri de ses propres mains, comment c'était à ses prières qu'il devait la vie, et pourtant il s'était laissé séduire et enlever, tandis qu'elle avait couru après lui

avec une peine que Dieu veuille épargner à
tout le monde. Violette lui disait encore,
avec un accent douloureux et plus pénétrant,
comment, depuis deux nuits elle veillait à sa
porte; comment pour obtenir cette faveur,
elle avait donné des trésors dignes des rois
sans tirer de lui un seul mot; comment cette
dernière nuit était la fin de ses espérances et
le terme de sa vie.

En écoutant ces paroles qui lui perçaient
l'âme, il semblait à Perlino qu'on le tirait
d'un rêve : c'était un nuage qu'on déchirait
devant ses yeux. Il ouvrit doucement la
porte et appela Violette; elle se jeta dans
ses bras en sanglotant. Il voulait parler;
elle lui ferma la bouche; on croit toujours
celui qu'on aime, et il y a des instants où
l'on est si heureux qu'on n'a besoin que de
pleurer.

« Partons, dit Perlino; sortons de ce don-
jon maudit.

— Partir n'est pas aisé, seigneur Perlino,
répondit l'écureuil; la dame des Écus-Sonnants ne lâche pas volontiers ce qu'elle tient;
pour vous éveiller nous avons usé tous nos

dons ; il faudrait un miracle pour vous sau-
ver.

— Peut-être ai-je un moyen, dit Perlino, à

qui l'esprit venait comme la sève aux arbres
du printemps. »

Il prit le cornet qui contenait la poudre
magique et gagna l'écurie, suivi de Violette

et des trois amis. Là il sella le meilleur cheval, et, marchant tout doucement, il arriva
jusqu'à la loge où dormait le geôlier, les clefs
à la ceinture. Au bruit des pas, l'homme
s'éveilla et voulut crier ; il n'avait pas ouvert

la bouche, que Perlino y jetait l'or potable,
au risque de l'étouffer ; mais, loin de se
plaindre, le geôlier se mit à sourire, à rire,
et retomba sur sa chaise en fermant les yeux
et en tendant les mains. Se saisir du trous-

seau, ouvrir la grille, la refermer à triple tour, et jeter dans l'abîme ces clefs de perdition, pour enfermer à jamais la convoitise dans sa prison, ce fut pour Perlino l'affaire d'un instant. Le pauvre enfant avait compté sans le trou de la serrure; il n'en faut pas

plus à la convoitise pour s'échapper de sa retraite et envahir le cœur humain.

Enfin les voilà en route, tous deux sur le même cheval. Perlino en avant, Violette en croupe. Elle avait passé son bras autour de son bien-aimé; elle le serrait bien fort pour

s'assurer que le cœur lui battait toujours.
Perlino tournait sans cesse la tête pour revoir
la figure de sa chère maîtresse, pour retrouver ce sourire qu'il craignait toujours d'oublier. Adieu la frayeur et la prudence ! Si
l'écureuil n'avait plus d'une fois tiré la bride
pour empêcher le cheval de butter ou de se
perdre, qui sait si les deux voyageurs ne
seraient pas encore en chemin ?

Je laisse à penser la joie que ressentit le
bon Cecco en retrouvant sa fille et son gendre.
C'était le plus jeune de la maison ; il riait
tout le long du jour sans savoir pourquoi et
voulait danser avec tout le monde ; il avait
tellement perdu la tête qu'il doubla les
appointements de ses commis et fit une pen-
sion à son caissier, qui ne le servait que
depuis trente-six ans. Rien n'aveugle comme
le bonheur. La noce fut belle, mais cette fois
on eut soin de trier les amis. De vingt lieues
à la ronde, il vint des abeilles qui appor-
tèrent un beau gâteau de miel ; le bal finit
par une tarentelle de souris et un saltarello
d'écureuils dont on parla longtemps dans Pæstum. Quand le soleil chassa les invités,

Violette et Perlino dansaient encore; rien ne pouvait les arrêter. Cecco, qui était plus sage, leur fit un beau sermon pour leur prouver qu'il n'étaient plus des enfants et qu'on ne se marie pas pour s'amuser; ils se jetèrent dans ses bras en riant. Un père a toujours le cœur faible : il les prit par la main et se mit à danser avec eux jusqu'au soir.

XII

« Voilà l'histoire de Perlino, qui en vaut bien une autre, me dit en se levant ma grosse hôtesse, tout émue des aventures qu'elle venait de conter.

— Et la dame des Écus-Sonnants, m'écriai-je, qu'est-elle devenue?

— Qui le sait, répondit Palomba. Qu'elle ait pleuré ou qu'elle se soit arrachée un côté de cheveux, qui s'en soucie? La fourberie finit toujours par se prendre à son propre piège : c'est bien fait. La farine du diable s'en va toute en son, tant pis pour qui sert le diable, tant mieux pour les honnêtes gens!

— Et la morale?

— Quelle morale ? dit Palomba, en me regardant d'un air surpris. Si Votre Excellence veut de la morale, il est deux heures ; il y a un Père capucin qui prêche aux vêpres et vous voyez d'ici la cathédrale.

— C'est la morale du conte que je vous demande.

— Seigneur, me dit-elle en appuyant sur les finales, la soupe est servie, le poulet frit, le macaroni cuit. N I ni, mon histoire est finie. On berce les enfants avec des chansons et les hommes avec des contes : que voulez-vous de plus ? »

Je me mis à table, mais je n'étais pas satisfait. Tout en ébréchant mon couteau sur un blanc de poulet, je dis à mon hôtesse :

« Votre histoire est touchante, et voilà un macaroni qui a un fumet admirable ; mais quand je raconterai aux enfants de mon pays les aventures de Perlino, je ne leur servirai pas à dîner en même temps ; ils réclameront une morale.

— Eh bien, Excellence, s'il y a chez vous de ces délicats qui n'osent pas rire, de crainte de montrer leurs dents, qu'ils viennent goû-

ter à mon macaroni. adressez-les à Amalfi et
qu'ils demandent la Lune. Nous leur servirons
dans une assiette, plus de morale que n'en
fournirait tout Paris.

« A propos, ajouta-t-elle, on vous attend
pour partir ; le vent se lève, les matelots
craignent que Votre Seigneurie ne soit in-
commodée comme ce matin. On dirait que
cette nouvelle vous attriste. Bon courage ! Le
mal passé n'est que songe, et quoique le mal
futur ait les bras longs, il ne nous tient pas
encore. Vous n'y pensiez pas tout à l'heure.

— Merci, ma bonne Palomba, vous m'avez

trouvé ce que cherchais. Un moment d'oubli entre de longues peines, un peu de repos au milieu du vent et de la mer, du travail et de l'ennui, voilà ce que donnent les contes et les rêves. Bien fou qui leur en demande davantage. *Ecco la moralità.* »

6165-27. — Tours, Imprimerie ARNAULT et Cⁱᵉ.

9 782329 084169